brigitte heidebrecht

Lebenszeichen

(1975–1979)

vertrauensvotum

solange ich kein vertrauen zu dir habe,
bin ich nicht offen.

solange ich nicht offen bin,
hast du kein vertrauen zu mir.

solange du kein vertrauen zu mir hast,
bist du nicht offen.

solange du nicht offen bist,
habe ich kein vertrauen zu dir.

solange ich kein vertrauen zu dir habe,
.....

solange nicht einer von uns
einen schritt wagt
kann es kein vertrauen geben.

Kaum wage ich es zu sagen,
aber glaubt mir: ich bin
einigermaßen glücklich.

Ich habe keinen Pensionsanspruch
und kein Abonnement
auf die Liebe eines Mannes.
Ja, was soll ich sagen - ich
weine oft und fühle mich
umgetrieben
und ich
weiß noch lange nicht
in welches Nest
ich mein Ei legen werde.

Aber ich sehe
die Sonne, wenn sie scheint,
und fürchte den den Wind nicht mehr
und nicht allzu sehr den Regen.
Ab und zu finde ich eine Schulter,
an die ich mich lehnen kann,
oder zur Not einen Baum.
Immer mehr
bin ich mir auf die Spur gekommen,
und immer begieriger werde ich,
euch zu sehen.

dasindividuumisteinirr
tumdasindividuumistein
irrtumdasindividuumist
einirrtumdasindividuum
isteinirrtumdasindivid
uumisteinirrtumdasindi
viduumisteinirrtumdasi
ndividuumisteinirrtumd
asindividuumisteinirrt
umdasindividuumisteini
rrtumdasindividuumiste
inirrtumdasindividuumi
steinirrtumdasindividu
umisteinirrtumdasindiv
iduumisteinirrtumdasin
dividuumisteinirrtumda
sindividuumisteinirrtu
mdasindividuumisteinir
rtumdasindividuumistei
nirrtumdasindividuumis
teinirrtumdasindividuu
misteinirrtumdasindivi
duumisteinirrtumdasind
ividuumisteinirrtumdas
individuumisteinirrtum

Blick nach draußen

Es ist
alles nicht so schlimm
wie es aussieht.
Das meiste
ist schlimmer.

stille

die zeit
füllt den raum
wie dicker qualm

tickend
zerhackt sie
der wecker
in feine scheibchen

die blätternden krümel
fange ich
mit meinen leeren händen auf

Praxisschock

Schlimm genug das studium:
ständig geschwängert werden
ohne gebären zu können.

Schlimmer
der beruf:
täglich
viele kleine mißgeburten
liefern zu müssen.

manchmal abends
bin ich einfach schrecklich müde
von all dem, was ich nicht getan hab
während ich meine pflicht tat
den langen tag

dann brauchte ich eine
warme hand in meinen haaren
eine kleine ruhe
nur

dann nehme ich mich selbst an die hand
und sage: nur mut !
und was mir sonst noch so einfällt
und sage zu mir: schau dich an
da bist du
allein

das ist nun so
das wird nicht so bleiben
das ist nun so
das wird so bleiben
eine zeit
lang

strandgut

manchmal möchte ich
daß du mich findest wie bernstein
im sand
glatt und gelb und gut anzufassen
wie hart gewordene tränen

ausschuß

ausschießen
wie ein vergessner kohlkopf
auf dem feld
ein kopfvoll blätter
und wachsen im wind
viele grüne arme bekommen
ohne die absicht
irgendetwas festzuhalten

Seit langem mal wieder
hab ich heut eindeutig
meinen literarischen dreh.

Könnt ich doch liebesgedichte schreiben,
oh und ach !

"Endlich liebe ich
und nicht nur dich."
(Das borge ich mir aus.)

Wunderliche wörter finde ich
in meinem kopf heut morgen:
- mein verlangen nach dir -
Solche wörter kann ich garnicht sagen,
denke ich,
die purzeln mir
gegen die zähne wie kandiszucker,
zu süß,
zu groß und
so schwer löslich.

Ach was:
Mein verlangen nach dir
hockt
wie ein gutgelauntes zwergenkind
in meinem bauch
und krault mich von innen
am bauchfell.

abend

die große
unzufriedenheit
ist
verpufft.
mein zimmer ist
dunkel
genug
daß ich mich darin
finde.

aber

ach wilhelm die
begegnung mit dir
ist mir in die rubrik
"ich will mich endlich mal
wieder verlieben" geraten
seitdem träum ich von dir
tag und nacht
tut mir leid, du
das war nicht geplant
aber als ich
die schublade aufgemacht hab
da quoll mir soviel entgegen
an angestauter sehnsucht und
weit weggeschobenen träumen
ich krieg sie nicht mehr zu
sie klemmt
aber ich will doch nicht
um gottes willen
daß einer meine unordnung sieht
womöglich du
au weia -

TELEPHONE

Fernruf

Manchmal denke ich an dich.
Aber ich rufe dich nicht an denn
was ich denke kommt mir so
weithergeholt vor.

Manchmal denke ich an dich.
Dann möchte ich dich
von weit
her
holen.

eingeschlafen

träume wie sirup
siiiiiiirupp---
mit schwänzen drin und bäuchen
und brüsten
und küssen die
bis in die zehenspitzen reichen
klebrig
dämmrig
und schön
und einsam
und ungeduldig
und langatmig

und ein deckel drauf

Weihnachten bei meinen Eltern

Die Lage ist - gottseidank -
hoffnungslos.
Ich traue meinen Augen
und nehme Geschenke an
ohne mich zu zieren.
Wenn ich faule Kompromisse eingehe
wundere ich mich nicht länger
daß es stinkt.
Dem Bericht über die Schneelage
auf unseren Bundesstraßen
habe ich nichts hinzuzufügen.

Jetzt

Die Nacht hat sich ausgeweint
und einem blauen Himmel
Platz gemacht.
Dies ist ein Tag
der nach Aufbruch riecht.

Daneben

Ich möchte mal wieder ein Gedicht schreiben !
Mensch, ein Gedichcht !
Verstehste, sowas
Richtiges,
wenn auch Ungereimtes.
- krtsch pllk trrdd öächh...
siehste, es klemmt.
Es funktioniert einfach nicht.
Oh happy days...
(ich meine die von damals)
Ich sitz aufm Landesteg im Rhein
und jetzt fängts auch noch
von oben an zu pissen
oder doch nicht ?
Oh hätt ich etwas,
das ich jetzt aus vollem Herzen sagen könnte.

Busybody

Ich quäle mich.
Ich schubse mich.
Ich mache.
Ich bin froh, daß es so viel
zu tun gibt.
So bin ich
aufgehoben.

Sublimieren
ist aufreibend.
Aber

ich habe nicht den Mut,
es mit eurer Fremdheit aufzunehmen.

Ich kenne zu viele Leute
und die Abstände zwischen uns
sind groß.

Tina

Während sich nachts mein Hirn
um deinen warmen Körper schlingt
bleibt deine Haut mir
tags
so fremd wie je.

Im Schutz des Rituals
ereignet sich
ein kleiner Kuß
wenn wir uns treffen

und wir erzählen uns
von den Problemen
die wir mit Männern haben.

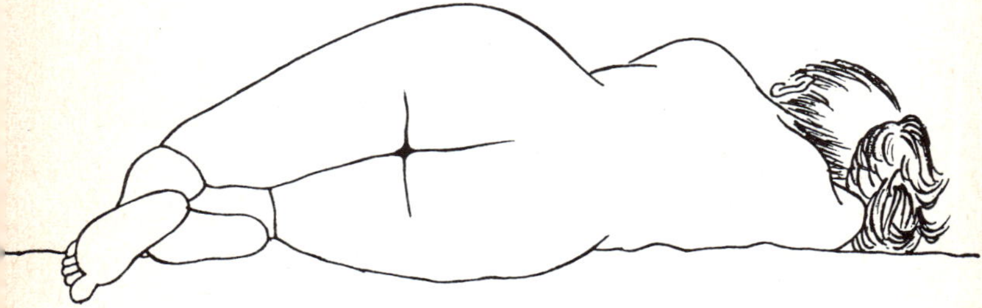

v o n   w e i t e m

ich hab ein sehnen
in meinem bauch
ich möcht es dir geben
mit sanften händen
daß du es schön findest

du bist schön
und meine augen haben immer
ein wenig angst vor dir

heute abend
hab ich in diesem zimmer
die liebe und den tod gesehen

und war erschreckt
wie sehr ich mich hüte
vor beiden

Wer nicht begehrt
lebt verkehrt!

im neuen jahr will ich

ins volle greifen
und zur rechten zeit wieder
loslassen

in die röhre gucken
und am anderen ende
licht sehen

des teufels großmutter
huckepack
durch den park tragen

mich einlassen
andere einlassen
konsequenter lieben

hey schwester
wollen wir nach wolken graben ?
unsere füße in warmen sand stecken
und lachend schwarze spinnen
über unsere hände laufen lassen ?

noch ist es fast zu früh
um ein gedicht
über uns zu schreiben

ich wünsche mir
ganz warme hände
wenn ich zu dir komme
und fürchte mich ein wenig
vor meinem herzklopfen
und suche halt
bei der erinnerung
an diese kleinen härchen
auf deiner oberlippe

eros interruptus

I

eine handvoll liebe
hat mich hungriger
gemacht als ich war

jetzt beiß ich in bananen
(nicht freud zuliebe, sondern
weil sie weich sind)
und in streuselkuchenstücke

ängstlich lausche ich dem grummeln
der krümel zwischen meinen zähnen
nur heimlich wag ich hinzuhorchen
wie ich den haselnüssen den garaus mache

nach wie vor
zähle ich die tage
aber ich male die striche
nicht mehr an die wand

ich tröste mich schlecht
ich fürchte mich vor meiner gier
ich versuche, nicht auf dich zu warten
ich warte auf dich

II

ich esse
ich sollte lieber nicht so viel essen
ich sage ich esse nicht
ich esse dann doch

ich bin sauer
ich wäre lieber nicht sauer
ich versuche, alles zu verstehen
ich bin trotzdem sauer

ich warte auf dich
ich ärgere mich, daß ich warte
ich will nicht, daß du kommst
ich warte immer noch

für Christian

(meinen schwulen freund)

eigentlich möchte ich
auch mal ein gedicht für
d i c h schreiben

auch wenn ich mich entschieden habe
nicht in dich verliebt zu sein
jedenfalls vorläufig nicht
sagen wir die nächsten 2 jahre

kennst du das märchen von dem könig
der seine 3 töchter fragt
wie gern sie ihn haben ?
da sagt die eine: ich liebe dich
wie mein sonntagskleid
und die andere: ich liebe dich
wie mein schönstes pferd
und die dritte sagt: keine suppe
schmeckt ohne salz
ich liebe dich wie
einen sack salz
das hat der könig nicht verstanden
und hat sie zur strafe in den
wald geschickt, der dumme

und ich ?

ich weiß jetzt nicht weiter
und außerdem scheint mir wird dies
doch kein "richtiges gedicht"
und außerdem wag ich das garnicht
zu dir zu sagen
"ich lieb dich"
und ich lieb dich wohl

ich lieb dich in prosa
mein alltäglicher freund
ich lieb dich wie das wasser
mit dem ich meine blumen gieße

gedicht

versuch einer ankunft
und versuch einer auskunft
über das was mich hindert
da
zu sein

dieses gedicht
braucht keinen titel

dieses gedicht
ist so viel wert
wie das papier
auf dem es steht

es ist ein gedicht
das nicht unbedingt
geschrieben werden brauchte

ein gedicht das
garnichts besonderes
zu sagen hat

ein gedicht
ohne jegliche
berechtigung

ein gedicht
das ich schreibe

Vorbeiläufig

Meine haut ist so dünn heut,
daß ich frier.
Komm, wärme mich.

Meine haut ist so dünn heut,
daß sie reißt.
Komm, halte mich.

Meine haut ist so dünn heut,
daß meine träume durchscheinen.
Komm, leb sie mit mir.

Das sage ich nicht.
Ich sage:
Was machst'n du heute abend ?

Und du sagst,
daß du müde bist vom arbeiten.
Daß du das badezimmer streichen mußt.
Daß du endlich was fürs examen tun mußt.
Daß du schon verabredet bist.
Ja, natürlich,
das verstehe ich schon.
Was habe ich denn erwartet.

Ich stopf meine träume
unter den schrank.
Versteck die tränen
hinter dem bett.
So wird mir mein zimmer
zu leben zu eng.

PREISFRAGE

Warum fühle ich mich wie eine bettlerin
wenn ich dich liebe ?
Warum fühle ich mich nicht
wie eine königin
die ein königreich zu verschenken hat ?

Ich halte mir meinen orgasmus
wie einen hund.
Halte ihn an der leine.
Will ihn handlich
und überschaubar.
Will ihn h a b e n.
Kriege angst wenn er
groß wird
und laut
und wild.
Wenn er m i c h haben will.
Laß ihm ein durchschlupfloch
und jag ihn hinaus.

Wollt ich ihn schöner
dann müßt ich mich öffnen
nach b e i d e n seiten.
Nach unten und oben.
Nach wohl und weh.
Müßt weinen und schreien.
Müßt singen lernen.
Müßt ihm meine stimme geben
und mein herz
und meinen kopf.
Müßt ihm vertrauen.
Müßt groß werden
und laut
und wild
wie er.

1
Wenn anne da wäre
und wir lägen auf meinem bett
und wären nackt
und würden uns vergnügen
und es käme jemand zur tür herein
und würde sagen: oh
und ginge wieder hinaus
das fände ich nicht schlimm.

2
Wenn ich allein wär
und läge auf meinem bett
und wär halb nackt
und würde mich vergnügen
und es käme jemand zur tür herein
und würde sagen: oh
und ginge wieder hinaus
das fände ich schlimm.

3
Das finde ich schlimm.

Alleinsein

ist bäh.
Alleinsein ist: keiner ist bei mir,
also mag mich keiner,
also bin ich schlecht.

Oder alleinsein ist:
Boden unter meinen füßen suchen.
Still sein, wenn ich
nichts zu sagen weiß.
Meinem zögern
zeit lassen.
Meine angst
aus ihrem käfig befreien.
Nichts tun, was ich nicht will.
Spazieren gehen
und nach hause kommen
und mich lieben
und ganz laut stöhnen dabei
egal ob mich jemand hört.

VERSUCH

ein gleichgewicht finden
an der stelle
wo ich stehe
ohne kunstgriffe
ohne täuschungsmanöver
ohne 2 cm über dem boden
einen wirbel zu machen
mit beiden beinen
auf grund sinken
die schwere
zulassen
nicht lachen müssen
wenn mich einer anschaut
in meinem gesicht
wohnen

entwicklung

fühlen   was ich bin
denken   was ich fühle
schreiben was ich denke
sagen   was ich schreibe
tun   was ich sage
sein   was ich werde

ICH MUSS

Wir sitzen im bus nach hannover zur gorleben-demo. Wir werden viele sein. Ich schaue aus dem fenster. Es regnet. Mir gehts nicht besonders heute. Außerdem muß ich mal. Aber vorhin war schon mal pinkelpause, ich kann doch jetzt nicht schon wieder müssen. Ich muß aber.

Vielleicht hält der bus ja nochmal. Ist aber unwahrscheinlich, getankt hat er ja vorhin auch schon. Ob ich nach vorne gehe und frage, ob wir bei der nächsten tankstelle mal halten können ? Ah, blöd, einen bus mit 5o leuten anhalten lassen, bloß weil ich mal pinkeln will. Durch den ganzen bus latschen, dann draußen das klo suchen, womöglich noch anstehen, und 5o leute, die solange auf mich warten müssen, ih nee, und der christian macht womöglich wieder 'ne dumme bemerkung über meine sextanerblase, und wo ich sowieso heute 'n schwachen tag hab und am liebsten hätte, daß mich keiner hört und sieht. Und spät dran sind wir auch wegen dem stau vorhin, wahrscheinlich kommen wir eh grade noch eben rechtzeitig zur schlußkundgebung.

Also einfach nicht drauf achten. An was anderes denken. Leicht gesagt. Zeitung lesen. Uh, mein schließmuskel läßt sich nicht überfühlen. Aber vielleicht sind wir ja auch bald da. Dann geh ich dort irgendwo ins gebüsch. Wenn aber kein gebüsch da ist ? Und bei dem Regen. Außerdem weiß ich auch garnicht, wo wir sind, wer weiß, wie lange das noch dauert. Ich will jetzt ein klo.

"Mensch, ich muß schon die ganze zeit," sag ich zu meinem nebenmann, "ich glaub, ich geh mal nach vorn und beantrage 'ne pinkelpause." Er lacht und zuckt die schultern. "Laß mich mal durch," sage ich. Ich stolpere mich durch den gang nach vorn. Wen soll ich denn jetzt fragen, den busfahrer oder den menschen, der die fahrt leitet ? Vielleicht erst mal den fahrtleiter. "Du - ", ich stubse eine schulter an. Nee, das ist ja der falsche, der daneben war's: "Du, können wir mal anhalten, ich brauch dringend ein klo." Das soll ich dem busfahrer sagen, also gut: "Könnten sie demnächst mal anhalten, ich brauch mal eine toilette." (Warum hab ich jetzt bloß wieder 'toilette' gesagt.)

Ein paar minuten später biegt der bus in eine tankstelleneinfahrt ein. Ich hüpfe von meinem sitz und hechte durch den gang nach vorn. Hinter mir eine schlange von leuten. Mindestens ein drittel der busbesatzung.

"Ich mußte auch schon die ganze zeit," sagt eine zu mir, "ich war richtig froh, als du gefragt hast."

AUGENZEUGNIS

Unglaublich wie
häßlich
ihr seid,
wenn ich euch
hasse.

sommernacht

regenrauschen
und das glucksen im abflußrohr

die sterne wie pickel
im gesicht des lieben gottes

und die sehnsucht nach bäumen
die in den himmel wachsen

eigentlich ein bißchen zu wenig
für ein gedicht
aber was solls

büro

augenblicke verstreut in den tag
händevoll in schubladen gelegt
fußtritte nur unter dem tisch
mundvoll verschluckt
nasevoll gehabt

ARBEIT MACHT FREI

Arbeit macht frei.
Frei von Verantwortung.
Keine Zeit, keine Fragen.
Was mache ich eigentlich
aus meinem Leben ?
Ich mache eben.

Arbeit macht frei.
Frei von Auseinandersetzung.
Habe immer
einen Grund zum Klagen.
Muß nicht unzufrieden sein
mit mir oder dir.

Arbeit macht frei.
Frei von Anstrengung.
Es ist nichts zu ändern.

oder doch, Olga?

feste beziehung

geschlafen
haben wir nie miteinander
kennen tun
wir uns lang
wir wohnen zusammen
seit 2 jahren
mit uns und mit andern

angeschrien
haben wir uns schon
wenn auch nicht oft
aber das kann noch werden
wir haben uns viel
auf den mund geküßt
und einmal mit zunge
da bin ich erschrocken
und hab dich "bruder" genannt

du liebst männer
und ich liebe frauen
und gelegentlich unseren
psychotherapeuten
und alle halben jahre
beinah dich

gemeinsam haben wir
das weinen gelernt
und das hinhorchen
und das aussprechen
und das ernstnehmen
unserer träume

neuerdings lernen wir
uns zu hassen
reden wechselweise von auszug
und warten auf uns
und sehen weiter

unsere wege liegen
nicht weit voneinander
und brennesseln wachsen
dazwischen

ent - SCHLUSS

Ich gehe schweren Herzens.
Aber das ist gut: mein Herz
fällt wieder ins Gewicht.
Hatte es mir zu leicht
gemacht mit dir.

lastenausgleich

ich lege mir nicht mehr zur last
daß du mich
nicht genügend liebst

aber es fällt mir noch schwer
dir nicht zur last zu legen
daß ich mich
nicht genügend liebe

Die hoffnung ist meine feindin
ich muß mich vor ihr hüten

Streut mir heute
blumen auf den weg
und wirft mir morgen
die alten knüppel
zwischen die beine

Liefert mir tausend
triftige gründe
zu warten
bis es fast zu spät ist

Bläst aus meinem zorn
die seifenblasen von übermorgen
redet von frühlingserwachen
und liefert mich dem winter aus

Die hoffnung
ist die schwester der angst

Die hoffnung ist meine feindin
ich muß mich vor ihr hüten

am see

leise schwappt gitarrenklang
durch meine ohren

ausgebreitet
hänge ich im netz der zeit

sonne und erde
halten mich
mit ihren großen händen

und ich falle
auf mich

FKK-strand

Grad traf ich einen
mann der trug
eine weiße wolke
in seinen schamhaaren.
Ich könnte auch "pigment-störung"
dazu sagen
aber mich
hat es ja nicht gestört !

mägi

gruppenwochenende in der eifel. zwei schlafräume mit großen matratzenlagern. ich liege im kleinen zimmer an der wand, neben mir noch alles frei. ich habe schon ein bißchen geschlafen, als der zweite schub ins bett kommt. mägi legt sich neben mich. sie rutscht näher, bis unsere köpfe aneinanderstoßen, und sagt mir gute nacht. schön, daß sie mir gute nacht sagt. manchmal sind mir hier in der gruppe die abstände zu groß, manchmal möchte ich näher zusammenrücken, mache aber selten einen versuch.

unsere hände bleiben ineinander liegen. ich klappe die augen zu, um wieder einzuschlafen. komisch, daß sie so nah liegt. ungewohnt. ich bin irritiert. in der dunkelheit zwischen uns spannen sich langsam kleine gummifäden aus. hinter meinen augenklappen werde ich immer wacher. die mägi. daß die so auf mich zukommt. hätte ich nie gedacht.

ich spüre unruhe in ihrer hand. dieses millimeterkleine zucken in den fingern. oh das kenn ich ! und meine hand ? meine hand liegt still, meine hand weiß von nichts, während es in meinem kopf zu rotieren beginnt.

ich bin da einfach nicht drauf gefaßt. auf uns zwei hier. ich bin so verdutzt. ich war vorhin schon verdutzt, als sie extra nochmal aufgestanden ist, um mir eine zusätzliche decke aus dem schrank zu holen. und beim abendessen hat sie einen yoghurt für mich aus dem kühlschrank geholt, den ich mir ganz gut hätte selber holen können. jetzt denke ich plötzlich achso und huch. jetzt ganz schnell überlegen: wie steh ich denn zu ihr ? soll ich ? kann ich ? will ich ? - was denn überhaupt ?

find ich's schön, daß sie neben mir liegt ? ja. aber es müßte nicht mägi sein. ich habe sie nicht erwartet. darf ich es trotzdem genießen, daß sie nun neben mir liegt ? darf ich einfach nehmen, was sie für mich übrig hat ? was tu ich mit ihr ? was könnte ich ihr antun ?

berge von verantwortung, die ich mir aufbürde in sekundenschnelle. weil ich mehr bei ihr bin als bei mir. weil ich selbst schon oft meine kribbelige hand auf einer fremden haut abgelegt habe, abrufbereit, voll beladen mit hoffnungen und verletzbarkeiten. meine unsicherheit zu nehmen und meine unsicherheit zu geben wirbeln herum in meinem kopf, kreiseln mich ein in eine stumme panik. diese frau da neben mir, ich weiß doch garnicht was sie will, und sie kommt so plötzlich, wie soll ich da wissen was ich will ?

also mache ich erst einmal garnichts. lasse meine hand liegen, wo sie liegt. spüre ihre hand darauf. spüre die bewegung wachsen in ihrer hand, bis ganz sachte auch meine hand mit in bewegung gerät. bis es nicht mehr mägis hand ist, sondern einfach eine fremde hand. eine neugierige, vorsichtige hand. eine freundliche hand. eine zaghafte hand. eine warme, empfindliche hand. unsere fingerspitzen tupfen flächen und winkel ab. mein fingermikroskop zeigt mir hügel und mulden. ich verliere den überblick. in meinem kopf wird es weit und leer. ich lausche.

mit einem lachen entziehe ich mich wieder. "ich hab deine hand grad wie durch ein mikroskop gespürt," sage ich.

wieder warten. und wieder sicherheit suchen in neuer nähe. unsere nasenspitzen stubsen sich an. "deine nase ist kühl," sagt mägi. schon bin ich unsicher. warum ist meine nase kühl ? schiebe ich sie nur vor ? laufe ich dahinter weg ? wo will ich hin ?

"du, ich möchte jetzt schlafen," sage ich schließlich. "du verwirrst mich."

am nächsten morgen liegen wir weit voneinander entfernt.

an diesem wochenende passiert dann nicht mehr viel zwischen mägi und mir. ich denke immer wieder: ich will mit ihr reden, ich will wissen wie's ihr geht mit mir. ich will mit ihr drüber reden, wie ich sie erlebe, wie ich mich fühle mit ihr. aber die arbeitspausen sind kurz genug, daß ich's immer wieder aufschieben kann auf irgendwann nach dem wochenende. kurz vor dem verabschieden gebe ich mir endlich einen schubs. "ich möchte die tage mal in ruhe mit dir reden," sage ich.

vier tage später fahren wir zusammen zum konzert nach bonn. in meinem kopf in regelmäßigen abständen die einblendung: du hast gesagt, daß du mit ihr reden willst, du hast es angekündigt, jetzt mußt du's tun ! ich will ja auch. weiß selber nicht, was mir den anfang so schwer macht. als wir auf dem rückweg im auto sitzen, denke ich in einem fort: dies ist die letzte gelegenheit heute abend, wenn du jetzt nicht anfängst, beißt du dir nachher in den arsch vor ärger. also fange ich an.

ich sage nochmal, wie verdutzt ich gewesen bin. daß ich sie bis dahin immer als so'nen kumpel erlebt habe. daß ich mich manchmal gefragt habe, wieso wir uns eigentlich nicht näher kommen. daß ich eigentlich wenig weiß von ihr, weil sie immer so chronisch gutgelaunt ausschaut.

"jedenfalls hast du eine starke erotische anziehung auf mich," sagt mägi. ich fühle schmetterlinge im bauch. das sage ich nicht. jedenfalls bist du nicht verliebt in sie, sagt mein kopf. ich möchte sie anfassen, sagt mein rechter zeigefinger und zieht bahnen auf meinem oberschenkel. "ich mag jetzt noch gar nicht aussteigen," sage ich, als sie den wagen vor meiner haustür anhält. mein zeigefinger setzt sich durch und wandert ein kleines stück über ihren arm. wir umarmen uns ein bißchen. ich fühle mich schrecklich hibbelig und lache dauernd. "hach," japse ich und komme mir vor wie mit 16, "was machen wir denn jetzt ?" "mach was du willst," sagt mägi. "ich weiß doch nicht !" jammere ich. schließlich frage ich sie, ob sie mit rauf kommen will. das ist aber auch nicht das, was ich will, denn wenn wir oben sind, werde ich mich bestimmt wie in der falle fühlen. ich kann sie ja nicht gleich die treppe wieder hinunter schicken, sobald ich angst vor ihr bekomme. (warum eigentlich nicht ?) aber ich will auch nicht länger so unentschlossen im auto sitzen bleiben (warum eigentlich nicht ?)

"ich weiß nicht," sagt mägi, "ich muß ja noch der hete das auto zurückbringen." da ist die lösung. ich steige aus und sie bringt das auto weg. dankbar überlasse ich unser schicksal dem lauf der notwendigkeiten.

ein paar tage später komme ich am nachmittag nach hause und stelle fest: ich hab meinen schlüssel vergessen. keiner zu hause bei uns. wohin also ? mägi wohnt 2 straßen weiter. alle anderen menschen, die ich hier kenne, wohnen weiter weg. also wär's das vernünftigste, zu ihr zu gehen. oder ? ich gehe erst mal bis zur telefonzelle, gucken ob sie da ist und fragen ob ich kommen kann. ich nehme den hörer ab. herzklopfen. ich hänge den hörer wieder ein. bin ich feige ? stelle ich mich an ? aber was mache ich, wenn ich bei ihr bin ? na, mal sehen. ich nehme den hörer wieder ab. vielleicht ist sie nicht zu hause. es tutet 4 x, 5 x, 6 x. mein herz schlägt wieder ruhig. ich habe mir bewiesen, wie furchtlos ich bin. jetzt kann ich beruhigt hete anrufen.

vom progressiven alltag I

die klotür
schließen wir schon lang nicht mehr ab
so daß keiner mehr
auf die erledigung seiner
dringlichen bedürfnisse warten muß
während ein anderer sich noch
die zähne putzt

ich schäme mich auch lang nicht mehr
nackt durch die küche zu laufen
ih wo

nur manchmal
wenn ich pinkeln muß
aber nicht so dringend
aber eigentlich doch
und denke
daß ich vielleicht nicht kann
während du dir daneben
die zähne putzt
daß es länger dauern wird als
"normal"
bis der strahl
befreit
ins becken fällt

dann warte ich lieber
bis du fertig bist
und schäme mich dafür
ein bißchen

WG sülzburgstraße

in dieser wohnung
wo heutemorgen die türen offenstehen
die musik für alle da ist
und ich beim frühstück die
brötchentüte platzenlassen darf
in dieser wohnung stehle ich mir
ein stückchen zuhause

Am bahnhof

Kaum bist du fort
fällt der abschied über mich her.
Nun da ich allein bin
hat er ein leichtes spiel.
Ich wehre mich nicht
und halte still.
Auf dem weg nach haus
verliert er meine spur.

konkrete utopie

eines tages werde ich
alle meine schwarzen pullover
zum schuheputzen verwenden
und werde nie mehr zögern
weite flatterhemden zu tragen
aus dünnem stoff und weiß
daß meine nippel hindurchschauen
und meine brüste
darunter platz haben
zum schaukeln

Seit ich mich selbst
einigermaßen
verstehe
bewege ich mich
mit einer gewissen
selbst-verständlich-keit.

zu hause

die zitronengeranie
macht sich den ganzen tag
an meinem fenster breit
schlürft sonne und wirft
einen langen schatten durchs zimmer
manchmal
denkt sie an mich

ausnahmezustand

wir nehmen uns zeit
wir nehmen uns ernst
wir nehmen uns an
wir nehmen uns einiges heraus

nehmt euch zusammen
sagen sie
nehmt euch in acht
das nimmt kein gutes ende
ihr werdet schon sehen

sie werden schon sehen
wir werden uns
das leben
N E H M E N !

angst vorm fliegen

jedesmal wenn ich dich seh
zieht's mich zu dir
wie eine fliege
hin zum fliegenfänger

und ich bleibe
wo ich bin
aus angst vor dem
süßen tod

trauriger abgang

unsere totgeborene liebe
erwünscht
aber
mit der nabelschnur um den hals
ist ihr die luft ausgegangen

Stellungskrieg

nein
das ist noch nicht
die freiheit die ich
meine
aber erstmal
geht's so nicht mehr

wenn er nach oben will
schmeiß ich ihn runter !

väterlicher freund

du liebst
indem du gibst
aber du
gibst dich nicht hin

ganz sach-lich

Du sagst
daß dir etwas fehlt
seit meinem auszug
nämlich ob ich vielleicht
deinen badezusatz
mitgenommen habe

Ach mein freund
daß dir etwas fehlt
seit meinem auszug
das glaube ich ja
aber deinen badezusatz
den habe ich nicht mitgenommen

Du sagst
daß dir etwas fehlt
seit meinem auszug
nämlich ob ich versehentlich
dein bettlaken
mitgenommen habe

Ach mein freund
daß dir etwas fehlt
seit meinem auszug
das glaube ich ja
aber dein bettlaken
das habe ich nicht mitgenommen

Und ich will dir sagen
was mir fehlt
seit meinem auszug
ach mein freund

nämlich daß dich mein auszug
so wenig
mitgenommen hat

progressiver alltag II

mit der zeit sind
meine kleider immer
bunter geworden

an schwachen tagen
krame ich manchmal vergebens
in meinem schrank nach
etwas unscheinbarem

und erschrecke wenn ich
mich im spiegel sehe:

ich sehe so furchtlos aus.

Brief an Jan

bis gestern hab ich
in allen tagesritzen
an dich gedacht

heute schwänz ich die schule
frühstücke um drei
lese
singe
und warte auf nichts

meine haut sitzt faltenlos
und der winter vor dem fenster
stört mich nicht

ich denke an dinge
die ich tun will und langsam
befreie ich wieder
meinen kopf von dir
du
komplize meines glücks

glücks-falle

ist das schwer
zu sagen wie das ist
was da passiert
zwischen uns
wenn ich spüre daß du
raum hast für mich
wenn ich sehe daß meine
augen nicht blind sind
wenn ich weich
auf deine zunge falle
und weiß
da bist du

gewachsen

zu anfang warst du jemand
der mir wärme anbot
ich konnte sie gebrauchen

jetzt bin ich
neugierig auf dich

zu anfang war ich
fast nur kind
in deinen armen

jetzt
gehe ich auf dich zu

zu anfang wußte ich nicht
was ich mit dir reden sollte

jetzt
habe ich fragen an dich

zu anfang habe ich mir
wärme und geilheit
bei dir geholt

jetzt
suche ich
uns

nach deinem abschied

Ganz still
lieg ich in mir.

Es war kein sturm
heut nacht,

aber wellen genug
für diese ruhe jetzt

zwischen all den fragezeichen
auf meiner haut.

lebenslauf

bin vor dem schmerz geflohen
und habe mich
vor mir selbst versteckt

hab mich gesucht
und einen sack voller wünsche
gefunden

hab hastig geliebt
und zögernd gelitten
und langsam gelernt
für mich zu sein

erst schien ich bedürfnislos
dann schien ich bedürftig
jetzt will ich
und weiß
daß ich nicht
brauche

adressbuch

mein gott
so viele leute !
sind schon mal
an mir
vorbeigegangen

mein tod

Gehst hinter mir her
und kehrst die blätter zusammen.

In jedem frühjahr schulde ich dir
einen neuen blumenstrauß.

sonntag nachmittag

hab mich ein wenig verloren im niemandsland zwischen gestern und morgen. hab mich ein wenig verloren in meinen kleidern, zwischen meinen möbeln, in diesem tag der nicht anfangen will und nun schon fast vorbei ist. ich denke ans sterben, ich träume vom lieben, wärme alten ärger auf, ziehe unbeglichene rechnungen hervor und murmele in mich hinein. ich lasse meine seele baumeln. in mir bewegen sich zorn, verlangen und die sehnsucht nach dem großen loslassen. ich stehe am großen tor. ich gehe auf und ab. ich mit mir. schleiche über schlacken. im watteweichen chaos taumeln meine fehlgeburten. ich gehe vor mir her.

PERSPEKTIVE

nase im wind
schnüffeljahre
in stücke gefallen
leben aus krümeln

tanzen und therapie
.....identifikationsinseln.....
im meer meiner unrast

und sehe zu
wie ich langsam
land gewinne

Egotrip-Blues

Ich brauche zeit
soviel zeit
meine zeit

Meine zeit
die noch nicht
gekommen ist
mein rhythmus
den ich suche

Währenddessen
da draußen
alles weitergeht
zu weit geht
und ich was tu ich

Wär der liebe gott nicht tot
ich würd ihn bitten
den himmel anzuhalten
wenigstens
für eine weile
Niemand
an den ich mich halten kann
während uns die welt
aus den händen fällt

Ich
suche geschwister
baue zugige nester
für kurze zeiten
ich gehe

Ich übergehe
was in den zeitungen steht
die gespräche an den nachbartischen
gehen über mich hinweg

Bin aus eurem netz gefallen
und lerne laufen
Wie schnell muß ich laufen
damit

abbildungen:

seite 2, 7, 45, 69, 74, 82 und vordere umschlaginnenseite: die hat mein bruder achim geknipst

seite 12 und 87: von ludger weß

seite 15 und 18: geklaut, weil ich nicht weiß, von wem die sind ('tschuldigung !)

seite 31: da hab ich mit freundlichem einverständnis vom herrn schlote sein heteroschnecken-bild homogenisiert

seite 26 und 34: von mir

umschlagrückseite: von susanne zühlke

inhalt: